집시, 은하를 걷다

집시, 은하를 걷다

글쓴이 / 김진길
펴낸이 / 孫貞順
펴낸곳 / 모아드림

1판 1쇄 / 2009년 4월 8일

서울 서대문구 북아현3동 1-1278
전화 / 365-8111~2
팩시밀리 / 365-8110
E-mail / morebook@morebook.co.kr
http://www.morebook.co.kr
등록번호 / 제2-2264호(1996.10.24)

ISBN 978-89-5664-123-4

• 이 시집은 경기문화재단 창작지원금을 수혜했습니다.

값 7,000원

모아드림 기획시선 116

집시, 은하를 걷다

김진길 시집

모아드림

■ 시인의 말

언젠가
내게 시집을 낼 기회가 온다면
근사한 서문을 적어보겠노라고
생각했던 적이 있다.

그런데 막상
졸고들을 엮고나니
부끄럽고 두려운 마음 밖에는 없다.

겁 없이 욕심만 부렸다.

반쯤 솎아내고 싶은 게 솔직한 심정이다.

스스로 부족함을 인정하며
앞으로 내 이름 석자와 작품을 책임지기 위해
야무지게 정진하겠다는
다짐과 약속으로
모자람을 채워둔다.

힘과 용기를 주신 모든 분들께 감사드린다.

2009년 3월 김진길

차 례

시인의 말

제1부
인식

제2부

목련의 말

제3부
바람 깊은 날

제4부
탈피의 꿈

제5부

함께 하는 기쁨

제1부
인식

바람, 창을 열다

억새밭에 길이 나서 한참을 걸어가는데
누웠던 억새들이 갑자기 일어났다
이끌고 따르던 길은 창살이 되었다.

더 이상 전진도 후퇴도 없는 고립지대,
조밀한 억새 사이로 절망을 꺾어 세우고
바람의 노랫소리에 가만 귀를 열었다.

어차피 혼자라는 은비색 고독 앞에서
무심결 흘려보낸 존재들에 눈을 뜰 때
바람은 窓을 열었다, 하늘이 파랬다.

인식

얕은 꽃의 숨소리가
문득 포착되던 날

따순 눈빛으로
살포시 다가온 너는

연분홍 필라멘트로
내 안에서 반짝였다.

풀무질하는 사내

생각도 사지가 잘려
풀썩 주저앉은 날

희나리 눅은 생애
가마안에 뉘여놓고

사내는 풀무질하다
까무룩 잠이 든다.

쿨럭쿨럭 토해내며
꿈과 생시 넘나드는

매캐한 훈연지대
그 경계 아득할 때

화르르 절정의 춤사위,
핏대 선 눈을 뜬다.

누가 저 젖은 삶에 불길을 당겼는가.

풀무를 움켜쥔
사내의 눈자위로

불잉걸 **활활** 타오른
직립의 길이 밝다.

집시, 은하를 걷다

설운 늑대울음에 시린 달 차오르고
주린 맹금의 눈빛 하루치 삶을 관통하는
고원의 이주민촌에서 한 집시를 만났다.

별똥별 획을 긋는 적멸의 밤이 가고 나면
까막까치 노래따라 미답의 길을 좇는
솔솔한 그의 발맛에 훅, 취기가 올랐다.

언젠가 빛이었을 거친 운석의 여정처럼
저기 궤도를 도는 유, 무형의 행성 중에
머나먼 이주의 길을 가는 내 촉광도 있었다.

자고 나면 길눈 틔는 유랑의 본능을 재우고
길이 든 풍경안에 시간의 체를 돌리며
얼마나 많은 날들을 이름하지 못했던가.

당기고 밀어내는 은하 깊은 중력으로
한 곳에 머물 수 없어 미지를 찾아가는
고원의 집시행성들이 內界로 비춰오고 있다.

재첩의 길을 가다

이 한 몸 조리로 떠 우려낸들 제맛날까
물때낀 껍질 속으로 봐리트는 생각들이
모래펄 소금기 절은 섬진강 바닥을 긴다.

본디 너는 큰물 한 번 들 때마다
부연 황톳물 따라 하류로 왔겠지만
오늘 난 유역 거슬러 네 길을 더듬는다.

수심 얕고 물살 거센 상류로 이끄는 것이
밀물인지 바람인지 좀체 알 수 없지만
어디든 가닿는 대로 가부좌를 틀련다.

질척한 펄 속 깊이 무담보 세를 들어
바람 세게 불면 잔물결 소리 듣다가
한줄기 강을 적시는 빗소리도 듣다가

부스스 일어나는 비늘 몇 점 벗긴 자리
둑 너머 배 익을 무렵 과즙향 배어오면

지리산 골 깊은 울림에 비로소 눈뜨련다.

강바닥 읽어가던 나룻배 돌아온다
뭍으로 부려지는 촉촉한 재첩 두어 말
앙다문 입술 속으로 강, 강이 흐른다.

돌에게

널 바위가 아니라
돌이라 부르는 건

눈과 귀 다 멀도록
무게로 앉지 말고

돌
돌
돌
굴러 굴러서
둥그렇게 살란 거야.

인식 2

― 아내의 창窓

엷은 아내의 살점이
올올이 풀린다

홀씨처럼 날리더니
마른 내 뜨락
꽃이 된다

그 꽃물
내 몸에 감길 때
窓은 죄다 붉다.

로그오프

커서가 멈춰서자
소통은 이제 없다

깜박거림,
그것은
길잡이었다
생명이었다

사각의 모니터에 갇힌
너를
흔들어 깨운다.

경칩

바람 한 떨기
당목처럼 풍경을 친다

긴 파장 협곡 사이로
낮게 미끄럼질하다

이 봄날 눈뜨지 못한
석불을 깨운다.

봄날春日

꽃물든 산모롱이
푸른 돛이 오르면

설레임 둥둥 띄운
환성이 들려온다

계집애 벙근 가슴은
봄볕에 톡, 터지고.

호박쌈

장모님 오신갑다
밥상 위 호박잎 몇 장

김서방 좋아한다고
화단 가득 뿌린 씨가

노랗게
활짝 피더니
속알까지 찼다신다.

8월, 직지사

참매미 불경 외는
안거安居 든 산사의 밤

탁발 간 달빛 뒤로
어둠만 남았는데

바지직 타드는 詩心
만덕전이 환하다.

날개에 대한 단상

기나긴 불면의 터널 가위눌린 꿈길에서
푸드덕 새의 날갯짓으로 나는 날아오르다가
갑자기 이카루스처럼 땅바닥에 곤두박질쳤다.

날개가 있었다면 비상인들 꿈꾸었을까
시시로 일어서는 미궁 같은 착각의 늪
종국엔 허물어지고 말 깃털이 자꾸 선다.

저 무욕의 경계 너머 어느 길섶에서 만난
꿈꾸다 녹아내린 이카루스의 밀납 무덤
가끔은 날개가 꺾인 추락을 생각한다.

未時, 적벽강

낮은 물새의 활강이
정적을 벤다

늘어진 오수의 꿈은
합수머리에 닿아

하늘을,
땅을 깨우는
오음계로 흐른다.

雪日

익명의 발자국 위로
함묵이 내린다

너풀거리는 폭거,
중원은 납작 엎드리고

누구든
그 앞에 서면
하얀 실어증을 앓는다.

가을산책

걸어 볼 일이다
우수 깊은 그 길을

육중한 생의 상념을
낙엽처럼 부려놓고

발아래 바삭거리는
경구驚句에 눈 뜨며.

겨울억새

마음이 추울 때면 억새밭 찾아간다
발갛게 노을 지는 내 영혼의 발치에서
머리채 휘휘 저으며 갈채를 보내주던.

서릿발 희부옇게 얼붙은 산능성이
그 무슨 반골처럼 꼿꼿이 몸을 세워
냉골의 강을 건너는 네 함묵 앞에 선다.

숭숭 구멍 뚫린 가슴 한켠 파고드는
황소바람을 피해 대안對岸으로 향하던
못 셋을 죄목 앞에서 홀홀 알몸이 된다.

설한풍 회초리에 발그레 핏기 도는
눈뜨고 못 보던 눈 귀 열고도 못 듣던 귀,
비로소 온기 가득한 마음 한줌 추스린다.

죄다 참선에 든 풍광도 풍광이지만
빈대가 야윌수록 안으로 차오르는
언 땅 속 억새의 봄눈, 피안이 밝아온다.

제2부
목련의 말

ⓞ서OBOM

행군

여명 푸르스레한 실루엣 풍경속으로
절뚝거리며 길을 가는 깃발 든 청춘들,
저들이 끌고 가는 게 어디 한 생生 뿐이랴.

구릿빛 물이 배어 까칠해진 얼굴, 얼굴로
등에 진 군장보다 겨운 짐 나눠지고
피멍든 동토凍土의 경계를 체득하며 가는 거다.

낯선 능선 훑어서 몇 굽이 돌다보면
살갗 쓸리는 동통, 고름 든 물집쯤이야
허리에 철망을 두른 너희 모국母國만 하겠느냐.

우리 울며, 졸며 일방一方으로 가더라도
내안에 길을 내어 다다를 그 곳으로
희망의 경단 굴리며 아슥한 길 가는 거다.

가마오름 지하요새*

절절 끓어오르는 용암을 게워내면
뼈 아린 기억쯤은 해조음에 묻힐까
오름의 다친 폐부로 차오르는 매운 공기.

해풍 한 번 일 때마다 가쁜 숨 몰아쉬며
몇 날을 마른기침에 뒤척이던 가마오름
동굴 속 조선 청년은 불새처럼 날 수 있을까.

미처 헤아리지 못한 상처 앞에 다시 선다
어둠을 콕콕 찍는 핏물 괸 곡괭이 소리
日軍의 깃발은 져도 섬은 아직 쩡쩡 운다.

* 태평양전쟁 당시 일본군이 주둔했던 미로형 요새지대로 제주도에 위치
하고 있으며 조선 청년들의 강제 노역으로 토굴하였음.

우륵의 江

이운 달 차오르는 낙동강 뱃길에서
그 옛날 신라로 간 악사를 만났다
먼 들녘 숲의 울음도 닿아 있었다.

떨리는 열두줄에 늙은 악사 춤을 추면
가뭇한 고을 이름 줄지어 일어서고
가락국 왕의 눈물이 강줄기를 이끌었다.

쇳소리, 쇳소리 뒤로 琴을 지고 떠난 그 길
나룻배 실려간 날들 강역에다 풀어놓고
악사는 가야의 뜰에 城을 다시 올렸다.

흐릿한 옛터 위로 햇살 든 겹의 시간
곰삭은 천년의 소리, 그 소리에 命이 있듯
또 천년 울대로 세울 오동목을 깎아 든다.

목련의 말

— 합천 원폭피해자 복지회관에서

1.

파르르 목련 한 잎
말문을 연다
학 같던 꽃봉오리
다투어 벌자
가뭇한 기억 하나가
몸서리치며 걸어 나온다.

2.

소화 20년 히로시마엔 흑비가 내렸지 섬광이 번쩍인
뒤 암실 같은 한낮엔 시퍼런 도깨비불이 폴짝폴짝
뛰었지 금세 눈은 멀고 사지는 녹아내렸지 살갗에
데인 상처는 가슴까지 곪아들어 밤마다 가위눌리며
악몽 속을 걸었지 타다 남은 명줄을 예까지 끌고 온
건 재가 된 황국의 망령을 증언하기 위해서지
하지만… 대물려 해될까 싶어 함구하며 살았지.

3.
종일 비 내리고 툭, 또 한 잎 진다
쇠심줄 질긴 생애 열혈로 풀어놓고
기진한 하얀 날개를 하마 절로 접는다.

흐벅지게 피는 것이 꽃, 너의 생인데
징용의 오라에 묶여 주저앉은 대궁아
어쩌면 너의 잎잎은 이울고도 멍드느냐.

한 잎 낙화 앞에서 목련은 말이 없다
다시 쏟을 것 같은 무거운 하늘빛 아래
긴 한숨 몰아내쉬며 만장 앞에 묵도할 뿐.

벽

― 남한산성

얼음장 터질 때마다 천둥소리가 들렸다
그 겨울 송파나루는 그렇게 울어댔고
짓밟힌 선민의 언어는 자꾸 퉁겨져나왔다.

하늘 같은 지존은 벽안에 들었다
구겨진 위엄을 가린채 갑론을박,
충신과 역신의 입은 아직 얼지 않았다.

성벽을 오르는 자는 청군이 아니었다
광야를 뒷배로 에워싸인 산성은
시간의 군마앞에서 허물어지고 있었다.

안과 밖, 의미없는 구별로 선 벽
덫을 놓고 기다리는 자, 덫으로 향할 자
종국의 무대를 여는 어두운 장막이었다.

살에는 그런 겨울 장대에 올라본다
더이상 전쟁도 군졸도 없는 성안,
숨죽인 왕의 흐느낌이 거기 갇혀 있었다.

사파리

1.

철문이 열리면 살의가 득실하다 야성의 길이 든 날선 맹수의 이빨에서 으르렁 으르렁거리는 본능의 빛이 난다.

저 빛의 재물로 통째 삼켜진다면 약 오른 치골들이 뼛속 깊이 스며들어 축축한 목젖 사이로 동면의 길을 트겠지. 더 이상 갈 곳도 없는 나락의 끝에 서면 스치듯 비껴만 가도 절로 마비되던 사나운 눈길마저도 무뎌지고 말겠지.

누구도 범접 못할 사파리용 차창 밖으로 엮었다 풀어놓는 씨줄, 날줄 같은 생각들 빼곡한 정글 숲에는 온통 본능의 몸짓뿐이다.

2.

저기 두만, 압록수로도 허기를 채울 수는 없다 갈대조차 야위도록 기갈 든 국경의 밤 달빛에 물드는 군상을 누군들 막겠는가.

거친 야성의 눈빛도 날랜 맹수의 몸짓도 아닌 초점 잃은 렌즈처럼 피사체를 주시하는 북조선 지상낙원의 깨진 窓의 프리즘.

나룻배 옮겨가며 먹잇감을 내던진다 갈대가 흔들릴 때 마다 카메라에 닮겨지는 국경의 인간 사파리, 테마관 광코스란다 ㅠㅠ.

넝쿨장미

유월,
들창 너머 함성이 들려온다
돋을볕 광채 뒤로 잔상마저 사위어 간
굴절된 기억 저 편이
섬뜩한
이 아침.

어둠을 찍어내며 무수히 새날 열던
인고의 족적 따라
시나브로 눈을 뜨자
흐릿한 망막 너머로
점점이 혈흔이다.

철담 밖 무딘 세상
그 오감 깨우려는
홍안으로 떨어져간 여린 꽃잎들의 부활
용사는 증언을 한다
선홍빛
그 유월을.

칼산

이제사 닿은 손길 하늘도 섧었는지
차항리 가는 길가 간간 눈물 보입디다
무심턴 세월강 건너 개토제 올리던 날.

하 세월 설잠드신 님을 찾아 오르는 길
원시림 억센 수풀 절로 물러섭디다
아슬한 산비알길도 모로 돌아눕고.

젖은 풀섶 헤치며 8부쯤 다다르면
군화 속 고인 물기 빈 가슴에 스며들고
여우비 비껴난 자리 햇살 한 줌 들더이다.

흐릿한 옛 진지를 짐작으로 가늠하며
탐지기 두어 대로 종일토록 읽어가면
반백년 묻힌 세월도 헛기침을 하더이다.

한 뼘 더듬이에 감지되는 그 날의 전장
몇 겹 낙엽 속으로 M1소총이 불을 뿜고
격전의 포화소리가 메아리로 울더이다.

밀려오는 인민군 그 잔영에 다칠세라
호미로 붓으로 서둘러 걷어낸 더깨
스러진 유품을 안고 님은 거기 계시더이다.

급조된 무개호가 무덤이 되어서도
혼절된 뼈마디가 화석이 되어서도
무명의 국군용사는 진지를 지키시더이다.

6월의 江

바람, 그리 불면 잠 못 드는 江
물비늘 번뜩이며 이내 몸서리치다가
제 결로 흐를 수 없어 유역을 거스른다.

깊은 강 다스리는 바람의 채찍소리
가뭇한 망각의 역류 너울로 밀려오고
더이상 오를 수 없는 회한이 소용돈다.

움푹, 교각의 살점 뜯겨나간 그 언저리
필사로 몸 눕히던 M1 소총 든 전사들
한 그루 풀꽃나무로 그들이 일어선다.

하류 먼 곳으로 핏물 벌써 씻겨가고
노병의 홍안 전우 그들은 아직 거기
6월강 홀로 깨우는 바람으로 일고 있다.

나팔수

어둑한 침묵사이로
천근 무게를 털며
맨 먼저 아침을 여는
나팔수 이제 없고
컴퓨터, 자명종처럼
기상곡을 울린다.

누가 그의 숨통을 멎게 하였는가
속 울대 쏠어 올려
한껏 돋우던 목청
트럼펫 통울음 소리
귓전을 맴도는데.

그대,
차라리 깨어나지 않아도 좋다
혼절된 시간 불러내
나 눈뜰 수 있다면
이 아침, 나팔을 불며
세상을 노크하리.

생일

울컥, 하는 북받침도 잊지 못할 단맛이었다
훈련장 천막위로 폭죽 같은 별이 내리고
어머니 고운 눈썹이 초승달로 내걸린 날.

한 몸 추스르기도 성가신 영하 이십도
초코파이 듬성듬성 징검돌로 놓이고
뭇 사내 가슴 가슴이 성냥불로 건넜다.

그 뒤의 생일상이 이보다 빛났을까
눈물샘 길러내는 산야의 생일파티
동장군 아린 한기도 비껴가고 있었다.

군사우편

광 속 깊은 곳 먼지를 털어내다가
연필심 혀끝에 굴려 꾹꾹 눌러쓴 필체,
빛바랜 양면괘지를 가만히 펼쳐본다.

괘선의 경계를 분방하게 넘나들며
몽당연필 무딘 심으로 속정을 우려내신
백부님 위문편지에 더운 얼룩이 진다.

열일곱 성상동안 광에서 여문 언어
행간에 묻힌 의미가 강물처럼 다가와
그 유역 가닿지 못한 그리움이 역류한다.

'주소불명' '수취인불명' 회송된 군사우편
생전에 부치지 못한 그 답장 고이 접어
이 봄날 꽃잎과 함께 바람에나 띄운다

분단의 자리

중동부 험산준령을 힘겹게 올라타면
철가시 병풍너머로 드리운 적막을 깨고
견공이 맨발로 나와 꼬리치며 반긴다.

전망대 유리벽으로 한걸음 내달으면
밟힐 듯 북녘땅이 시야에 들어오고
금성천 푸른 물결은 하염없이 흐른다.

무심코 가곡 한 소절 콧속에 담았다가
치솟는 용암덩어리 식히려 눈감으니
어느새 그 옛날 비목캐던 소초장이 서 있다.

잠시 후 수묵화가 나타나 붓을 잡으면
백암산 등어리에 땅거미 내려앉고
초병은 군화끈 질끈 동여 이 어둠을 지킨다.

가칠봉 OP

왈칵, 쏟아부은 칼날 능선 굽이굽이
운무는 베일처럼 산정을 휘감아
몇 번의 검문 뒤에야 한 꺼풀씩 길을 연다.

계곡을 가득 담은 아득한 는개의 깊이
실족의 순간에도 가늠할 수 없을 즈음
바람은 시정을 열어 펀치볼*을 내민다.

매캐한 화약내음, 포성이 묻힌 자리
격전의 절규소리 벨로드롬 가득하고
탄흔에 몸서리치듯 가칠봉은 눈을 뜬다.

* 해발 1,100미터의 높은 산으로 둘러싸인 분지로 강원도 양구에 위치하
고 있으며, 6.25전쟁 당시 외국 종군기자에 의해 '펀치볼'로 불려지기
시작.

행군 2

벼린 敵兵의 칼날처럼 살벌하게 살을 에며
무성으로 눈발 치는 매운 대한절 아침
철갑의 전차궤도가 잔 어둠을 턴다.

흐드러진 눈꽃 계엄, 마취된 나목들은
쿵쿵 지축 울리는 엔진소리에 놀라
봄날로 미끄러지던 생각 하나 추스른다.

저편으로 건넨 말이 성에처럼 얼붙고 마는
긴 잠든 동토의 江 해빙은 아직 멀어
바람의 장검에 맞서 깃발 높이 치켜든다.

제3부
바람 깊은 날

눅눅한 휴식
 ─젖은 장갑

공사장 한켠에다 벗어던진 장갑 한쌍,
한줄기 소낙비가 예고없이 밟고간 뒤
고나간 구멍 속에서 낡은 지문이 떠오른다.

어느 데스마스크처럼 반듯하니 본떠진
부삽질 쇠망치질에 때국 절은 손마디들,
올마다 깊숙이 배인 사내의 城이 있다.

펼쳐놓은 시간들이 채 마르기도 전에
헛바닥 날름거리며 밀려오는 노동의 갈증
투박한 사내의 몸에 다시 테엽이 감긴다.

서울의 달

진눈깨비 굵어진 어스름한 하오 일곱시
웅크린채 귀가하는 행인들의 발자국을
노점상 모씨 할멈이 희미하게 읽고 있다.

눈길도 온기도 식은 눈 쌓인 좌판대엔
종일 발라낸 속살 뽀얀 도라지들
할멈의 젖은 손가락처럼 얼음이 든다.

주섬주섬 판을 접는 겨운 뒷설거지
둥굽어 나지막이 언덕길 오르는
할멈의 낡은 손수레 위로 서울의 달이 뜬다.

겨울, 새벽 일터

외투깃 절로 서는 대한절 이른 아침
밤새 지친 가로등이 어둠을 배웅하고
발갛게 얼음 든 귓불, 목도리를 후빈다.

장작불 익어가는 공사장 한 모퉁이
곁불 쬐는 인부들의 웅숭그린 어깨위로
허어연 입김 오가며 안부를 건네고

아직 어스름한 언 땅위의 그림자들,
잉걸불 환한 온기로 가슴마저 녹여내며
묵직한 삶의 봇짐을 한 덩이씩 부린다.

알큰하게 몸 더워야 하루가 거뜬하다고
바람 숭숭 든 찌개에 소주 한 잔 곁들이는
한평생 노역의 훈장이 새벽달에 빛난다.

폐지 수거

등굽은 한 노파가 유모차를 밀고 있다
불임의 깊은 골로 착상된 상상임신
쓰레기 분리수거장을 부인과처럼 오며간다.

문단은 공장처럼 오랜 휴면에 든
주름진 자궁에서 수집된 건 폐지 몇 점
빛바랜 지갑 속에는 낡은 지문指紋만 가득하다.

디프레션

―불황

눈길 서로 비껴 앉은
인천행 국철 1호선

서둘러 선반 위를
더듬던 한 노인이

부도난 세상 소식을
까치발로 담아간다.

서울 1997

기적도 아랑곳 않는 어느 이국 같은 정오다
허기진 비둘기떼 모이를 쪼아대고
그림자 길게 늘어선
역광장 무료 급식대.

반쯤 찬 포만감이 오수에 다다를 때
깃발로 내걸리는 누군가의 해진 피복
지하도 습한 생애를 탈탈 털어 말린다.

풍랑에 뜯긴 비늘
그 이력 펄럭여도
눈길 한 번 주지 않는
빌딩숲 고속열차
밟고 간 레일 저 편이
힘없이 무너진다.

세한의 아침

— 토마

여남은 마리쯤 되는 까치떼 수런대는 아침
성에 낀 자동차 바퀴가 휙, 지날 때마다
갈라진 밀집 대형이 물길처럼 되돌이 한다.

주차라인 몇 개를 지그재그로 물고
결빙에 묻혀버린 더운 밤의 뿌리들
그 누가 이 곤궁한 아침 성찬을 차린 걸까.

그것은 포만감에 울렁이던 현기였다
어쩌면 기억조차 없을 거한 취기의 끄트머리
바람의 칼질 앞에서 휘청대는 자화상이었다.

차륜에 뭉개져도 풀리지 않는 영하의 막
햇살 한 줌 고픈 자는 모여들기 마련이다
톡톡톡 부리 끝으로 발그레 술이 돈다.

인정이 그리운 날

지겟짐 져봤으면 그 무게 알 수 있다.
머리위로 두어 자 높이 화목 몇 단 짊어지고
가난의 언덕배기를 딛고 서던 날들의.

등 따시고 배부르면 더 바랄게 없다는
어른들 말씀이 진리고 법인 듯해
구들장 활활 불 지필 나뭇꾼이 되곤 했다.

외발 작대기로 아슬하게 오며가는
산비알 밭들길이 천 길 낭떠러지 같아
몇 날의 허기 끝에서 차오르던 현기증.

산 하나쯤 솎아냈을 처마밑 광솔가지,
한줄기 연기로 구새굴뚝 빠져나가면
화롯불 환한 눈빛이 되어 사랑방을 밝혔다.

더 이상 이 거리엔 지게꾼 오가지 않고
등짐 한 번 진적 없어 서로 가늠 못할 무게,
가벼이 어깨 빌려줄 인정이 그립다

어느 패러디포스터의 辯

그래
실컷 웃어봐
니들이
뭘 알겠어?

이유없이 목이 잘린
누군가의 슬픔 위에

낯설게
영혼을 깁는
그 맘
니들이 알어?

퇴고하던 날

1.
다듬던 원고지에 손끝을 베였다.
찰나의 찌릿함에 선혈이 하도 짙어
내 유년 풀잎에 다친 기억 하나 비친다.

2.
이장里長일로 읍내가신 아버지를 대신하여
살의가 번뜩이도록 조선낫 갈아들고
가마솥 쇠죽으로 끓일 꼴 한 짐 베던 날.

풀이라 풀죽은 건 아니었던 모양이다
낫질이 서툴수록 날 세우는 풀잎들이
손마디 가리지 않고 존재를 일러줬다.

"정지 불 다 탔는데 모하고 자빠졌냐"
어머니 짧은 독촉장이 해름에 내걸리고
그날 밤 쇠죽솥에는 내 살점이 가득했다.

3.

무딘 가슴으로 행간을 넘나들다
흐릿한 상흔 근처 깊게 베인 상처 하나
오늘밤 생경한 시어들이 핏빛을 내고 있다.

완행의 미학

세월에 녹이 나서 발걸음 무거운가
남루한 생의 레일 저리게 밟아 가는
호남선 무궁화열차 낡은 관절이 운다.

도심을 비껴나면 번뇌는 서행이라
직행으로 휙, 내닫는 새롭고 빠른 것과
문명의 날샌 진화는 간이역쯤에서 앞서 보낸다.

무심코 흘려보낸 묵은 날들의 길섶따라
귀 익은 사투리 싣고 회억으로나 가는 길,
묵중한 밤을 끌고서야 비로소 길눈이 튄다.

얼핏 스쳐가던 야경도 마침내 눈에 들면
꿈결 달려가는 내 유년의 레일위에서
벌겋게 부식된 껍질, 한 꺼풀씩 벗겨낸다

바람 깊은 날

바람이 깊어서 풍경이 흔들린다

벌, 나비, 잠자리…
연신 불시착이다

갈잎의 사투도 겹다
하나, 둘, 셋…
투욱 툭.

무너진 중심을 끌고 예까지 온

반쯤 날개 잃은
잠자리 눈 속의 나

바람이 깊은 날에는
흔들린다,
풍경처럼.

피뢰침

이글거리던 태양이 침몰하는 정오다
거리엔 때이른 점등이 시작되고
무언가 불길한 예감이 하늘을 덮고 있다.

툭-툭 얼굴을 밟아오는 젖은 발길
한줄기 섬광에 침묵도 금이 간다
북소리 고막을 찢고 점령군이 몰려온다.

둥-둥 노면위로 표류하는 태양의 온기
군상들 빠져나간 빈 도시의 정수리엔
꼿꼿이 예봉을 세워 맞서는 군사가 있다.

어느 외계의 신전보다 현란했을 네온 불빛
숨죽인 도시에는 심장소리만 요란하다
콰르릉 번쩍이는 살기, 어둠이 뚝뚝 잘린다.

한낮, 예고 없는 공습이 다녀간 뒤
맨몸으로 저항하다 까맣게 타들어간
버려진 전사의 이름이 역광 속에 묻힌다.

터

무심코 가던 길도 눈여겨 살펴보라
이따금 산 하나를 통째 삼켜버리는
이빨선 도시의 식탐이 철골로 서기 전에.

파리한 심장이 뛰던 태곳적 벌거숭이 땅
숙근초 홀씨 홀홀 지천으로 뿌리내려
지축을 쿵쿵 울리는 푸른 맥박도 짚어보라.

단 한 번 지긋하게 눈 맞춘 적 없다지만
샤방샤방 다가오는 돌 하나 나무 한 그루
함묵 속 울림을 주는 그 터전에 안겨보라.

젖었다 마르듯이 얼었다 풀리듯이
울다가 웃다가 爭과 和를 거듭하며
恨으로 속을 다져온 땅의 노래 들리잖는가.

정월이면 마당 밟던 짚새기 닳는 소리
언제고 큰 삽 뜨면 풍악도 멈추겠지
천만근 골조에 눌릴 저 혼불, 어쩔거나.

페이드아웃과 페이드인
─독일마을

저기 연류교인 남해대교를 넘는 순간
잊었던 기억들이 윤슬처럼 일어나
드르르 흑백필름을 돌릴지도 몰라.

"머리카락 파세요" 누이가 짠 가발과
"쥐약 놓아 다 같이 쥐를 잡자"며
쥐털옷 코리안밍크를 내다 팔던 시절의.

화면이 바뀌면 이국의 갱과 회색건물
채탄을 하거나 알콜솜을 적시며
마르크, 마르크화에 저당 잡힌 청춘들.

그들은 화려한 배우가 아니라
불도저 삽날처럼 미지의 땅을 일구던
동양의 작은 이방인, 실존의 전사였지.

천길 막장에서 설움 까맣게 타도록
모국의 내일을 캐던 코리아, 그 깃발들

사십년 낯선 귀로로 그들이 돌아왔지.
촬영이 곧 시작된다는 메시지가 도착 했어
기억의 다리를 건너 산모롱이 돌아서면
또 다시 이방인이 된 그들에게 카메라 줌인.

제4부
탈피의 꿈

탈피의 꿈

김장배추 속 절이듯
소금 한 줌 뿌릴까보다

진부한 내 생각들
시나브로 잠재우고

길 속의 길을 찾는 눈
총총 밝아지도록.

담쟁이덩굴

길이 막혔다고 불평하지 말라.
여기 고독의 벽 아니면 나서지 않는
유별난 생애 앞에서는 그 조차도 사치다.

기침소리 한 방에 무너져 내릴 듯한
돌담 위 켜켜이 쌓인 침묵의 계단을
담쟁이, 자일도 없이 맨손으로 오른다.

낙상의 순간들을 안으로 도닥이며
점자 벽을 읽어가는 부르튼 손바닥
때로는 이슬 한 방울도 감당 못 할 무게다.

등에 진 세상 하나 발그레 멍들어도
벽이 높아지면 그만큼만 더 오를 뿐
준법의 경계를 딛고 월담하지 않는다.

꽃대가 흔들리는 건

서릿발 차운 밤 지나
망울 터진 저 黃菊

떨린다,
은밀한 꽃술
벌의 혀가 달다

꽃대가
흔들리는 건
바람 때문만은 아니었다.

깃발

그저
내건다고
펄럭이는 게 아니다

깃대 끝 절대고독
목이 휜 간절함으로

머언 먼
길 열어 오는
바람 앞에 서야 한다.

그저
펄럭인다고
다 깃발이 아니다

얼룩져 닳고 해진
깃면이 몸을 털 때

툭
툭
툭
빛바랜 문양에서
음표를 쏟아야 한다.

저기
오체투지로
허공을 딛고 서는

바지랑대 끄트머리
낯익은 얼굴들

마침내 바람에 맞서
펄럭이는 꿈을 꾼다.

아집뽑기

언제쯤 바뀌었을까
엄지발톱 가는 길이
생살을 야물게 문 에굽은 양쪽 귀가
길 아닌 길을 여는지
아리게 쑤셔온다.

깎을수록 파고드는 고약한 네 속성은
고름이 들어서야 빗장을 이내 풀고
밴댕이 속알딱지를
발그레 내비친다.

얼마쯤 걸었을까
안으로 닫힌 길을
걸음이 흔들리도록 뿌리내린 저 내성
앓던 이 발치를 하듯
한방에 들어내?

각개전투

폐활량 깊은 산곡 울림이 하도 커서
하늘가 절로 닿은 청춘, 그 메아리
땀범벅 흙범벅으로 그들이 일어선다.

타고난 싸움꾼은 필시 아닐망정
창검보다 서슬 퍼런 의지의 날을 갈아
산야에 몸을 굴리며 강골로 나는 이들.

여태 눈 못뜬 길 그 앞에서 오는 갈증
저 오아시스를 향해 약진, 또 약진하라
아슬한 사선위에서 절름발이는 없는 거다.

등껍질 다 해지도록 몸을 낮춘 포복으로
이 땅의 진창길 헤집고 가다보면
언젠가 고지 정상에 깃발 하나쯤 걸겠지.

아슥한 세상길도 그렇게 가는 거다
머리칼 삐쭉 서는 사선은 아닐지라도
저 홀로 서는 날까지 '포복 앞으로', '약진 앞으로'.

벌목
— 상처가 아무는 시간

날 선 조선낫을
햇살이 물고 있다

한줄기 번뜩일 때마다
숲은 흔들리고

낫자국 사무친 말씀
옹이마다 내린다.

하늘에 닿은 갈필
그 붓대 꺾이고

베어진 그루터기
상처가 아무는 시간

환하게
횃불 밝혀 들
관솔향이 익는다.

드라이플라워

네게서 내게로 온
향내 짙은 순간들이

손 닿으면 바삭거릴
긴장을 말아 쥐고

가뭇한
기억 저편을 건너온다
꽃잎
꽃잎.

이울면 외면하는
단절의 벽을 허물고

내안에서 물을 길어
야윈 몸을 적셨을 때

사르르
똬리를 풀며
피어나는
꽃 한 송이.

비상활주로

날갯짓 겨워지면
무시로 오시라고

직선으로
평면으로
내 언어를 뉘이고

주야로 깃발을 들어
님을 마중합니다.

가면을 고쳐 쓰고

남루한 한 생애를
좌변기에 올려본다
탐욕을 배설하는
핏줄 선 박피얼굴
한 덩이 철렁, 내리면
그 찰나는 평화다.

쿠르륵,
매몰차게 사라지는
위선의 흔적들
두루마리 휴지 몇 칸에
증거를 인멸한다
또 다시
밀려오는 허기
문밖을 나선다.

詩作, 의욕만 앞서던 날

여문 달 둥둥 띄운 채석강에 밤이 와서
이태백의 시를 읊는 숭어 등을 홀치다
찰바당,
파문만 일어
낚대 끝에 나를 단다.

숯가마, 그 우주 속에서

화르르 타오르던 숯가마 불을 뺀다
부삽날 툭툭 치며 붉은 뼈 발라내자
장엄한 우주 하나가 꽃불로 쏟아진다.

훈기로 이글대는 가마에 들어본다
잉걸불 사룬 자리 가부좌로 합장하면
번뇌는 불길에 싸여 꽃불로 쏟아진다.

그리운…

찌 놓고 기다리는
물안개 드리운 밤

갈앉다 떠오르고
떠오르다 갈앉는

강 건너
큰산 하나가
내안으로 입질한다.

덕장에서

한 마리 치어가 자라 성어成魚가 되기까지
바다 속 물길은 몇 번이나 바뀌었을까
할복장,
몸으로 익힌
심해도를 해부한다.

낯선길 나설 때면 술렁이던 풍문 뒤로
무수한 격랑 속을 헤엄쳐 온 노정들이
동장군 하얀 계엄에 덕대 위로 내걸린다.

때이른 섣달 추위
되려 생기도는 덕장
간간한 흰눈발로 공복은 채워지고
설야에 황태 익는 소리
누렇게 광이 난다.

다시 걸음마를 하고 싶다

갈지자로 굴러가는 낙엽의 뒤를 밟다가
베란다 바깥으로 배꼽을 내민
에어컨 프로펠러에 발걸음이 감겼다.

한여름 마구 퍼먹던 바람맛을 금세 잊고
따순 양지를 찾는 간사한 철새근성에
철 지난 매커니즘이 버튼을 누른 게다.

몸도 생각도 죄다 빨려 들어가
꼬깃꼬깃 접힌 곳을 일거에 토해낼 때까지
회전축 중심을 감싼 현기가 치오른다.

얼마쯤 돌았을까, 탈색의 그 바람길을
실오라기 하나 없이 하얗게 표백된 날엔
탱탱한 음낭을 끌며 걸음마를 하고 싶다.

제5부
함께 하는 기쁨

살다보면 누구나 소중한 인연이 있습니다.

그동안 각별한 정으로

도서와 기념패에 새겨드렸던

축하의 글들을

지금 엮어두지 않으면

어디론가 흩어질지도 모른다는 생각때문에

여기 '함께하는 기쁨'으로

간직합니다.

나이테 가득 꽃입니다

벌목,
썰리는 그 아픔이 있은 후에야
통나무라 이름합니다.

우지끈 쫘아악,
굵고 깊은 初聲이
메밀꽃 피는 마을
봉평 골짝에 울립니다.

통통통
야무지게 몸을 퉁기며
가파른 비탈길 내려올 때
터지고 찢기는 내 아픔보다도
낮은 푸나무들의 상처를 보듬습니다.

외통길, 꼬부랑길
참으로 種도 많은 길섶에서
아픔이 깊고 덧날수록

더 곰삭는 詩心
크고 작은 캔버스에
가슴으로 부립니다.

이제
그 어떤 아픔도
웃음으로 넘길 수 있는 오늘
가뭇한 기억 저 편의
향내 짙은 순간들이
꽃잎처럼 건너와
여기 〈굴러가는 통나무의 아픔〉으로
세상에 선뵙니다.

화폭마다 수놓은
畵伯님의,
詩伯님의 혼불
그렇게 살아온 날들이
나이테 가득 꽃입니다.

구르고 굴러
아픔마저 동그랗게 익은
통나무, 그 향기
천만리로 뻗습니다.

— 원로 서양화가 一志 안호범 선생님의

〈굴러가는 통나무의 아픔〉 출간을 축하드리며…

엄마, 아빠! 세상이 참 아름답네요!
― 정유나

정으로 사랑으로 감싸안은 저 꽃대

유채꽃 환한 갈채에 망울 절로 터집니다

나날이 향기로운 행진, 횃불 밝혀 듭니다.

　　― 친구 정기연 소령의 딸 유나양의 세상구경 백일 되는 날

한결같이
— 이승정

이슬 영롱한 아침 돋을볕 순한 햇살
승정, 네 이마위로 층층이 내려앉아
정답게 조명하리라, 한결같이 가는 길.

부스스 막 잠 깨어나 들창너머로 드는 햇살을 보면 무
척 아름답습니다. 때묻지 않은 순수함, 첫 눈부심 때문
입니다. 늘 한결같은 모습! 지성과 감성, 덕성의 美, 그
고운 자태 간직하시고 내딛는 걸음마다 축복의 팡파레
팡팡 터지소서!

— 이승정 대위의 영전을 축하하며…

여적, 낭만을 위한 덧칠

― 박철주

박꽃 자지러진 초가 위 걸린 달을

철새, 순수의 깃으로 가슴 가득 품습니다

주막집 대폿잔 속에 출렁이는 풍경 하나.

　― 존경하는 선배 박철주 중령님의 영예로운 전역을 기념하여

더불다
— 구학림

구구대는 비둘기떼 깃을 잠시 접고

학림, 그 뜰에서 한가로이 노닐다가

림처럼 타이어처럼 더불어 길을 가리.

> — 함께 근무한 전우 맹호부대 경리참모 구학림 중령님의
> 영전을 축하하며…

직화直花

— 변상호

변장술에 능란한 처세가는 못되어서

상명하복, 그 화단에 직각의 꽃만 피웠네

호사로 사위 밝으니 잎잎은 향기로워라.

    — 함께 근무한 전우 맹호부대 감찰참모 변상호 중령님의

영전을 축하하며…

■ 해설

서정의 편폭篇幅과 구체

― 김진길의 시세계

유성호

(문학평론가, 한양대 교수)

*

　오랜 양식적 계승과 변형을 치러 오늘에 이른 현대시조
는, 정형 미학의 기율을 통해 절제와 균형의 원리를 견고하
게 지켜왔다. 이러한 노력을 통해 현대시조는, 서구의 미학
적 박래품에 대한 실천적 항체抗體를 키워왔으며, 서구적
특수성에서 자라난 여타의 역사적 장르와는 전혀 다른 언
어적 토양을 만들어왔다. 다양한 원심적 파격이 부박하게
떠도는 우리 시대에, 현대시조가 이른바 역진逆進의 미학

을 지속적으로 보일 수 있는 까닭도 바로 이 같은 전통의 힘에 있을 것이다.

김진길은 2003년에 등단하여 이번에 첫 시조집을 펴내는 비교적 신인에 속하는 시인이다. 그의 시조집 『집시, 은하를 건다』(모아드림, 2009)에는, 등단 후 6년 동안 착실하게 갈무리한 비교적 완성도 있는 시편들이 그의 만만찮은 습작 시간을 증언하고 있다. 그의 시조는, 전통적 고시조처럼 어떤 선험적 가치를 연역演繹하거나 공동체적 이념에 헌사를 바치는 것이 아니라, 철저하게 구체적인 개인 경험에 기초하고 있다. 그 점에서 김진길 시편들은 우리 현대시조가 취해온 절제와 균형의 원리 위에, 서정의 편폭篇幅과 구체에 대한 어떤 가능성을 첨예하게 보여주는 세계라 할 것이다. 또한 그의 시편들은 상상력의 스케일과 서정의 완미함이 잘 결합되어 있는 세계이기도 하다.

> 억새밭에 길이 나서 한참을 걸어가는데
> 누웠던 억새들이 갑자기 일어났다
> 이끌고 따르던 길은 창살이 되었다.
>
> 더 이상 전진도 후퇴도 없는 고립지대,
> 조밀한 억새 사이로 절망을 꺾어 세우고

바람의 노랫소리에 가만 귀를 열었다.

어차피 혼자라는 은비색 고독 앞에서
무심결 흘려보낸 존재들에 눈을 뜰 때
바람은 窓을 열었다, 하늘이 파랬다.

　　　　　　　　　　　　　　ー「바람, 창을 열다」전문

　이 시편에서 화자는 긴 호흡 속에 '억새밭'의 풍경을 담
아내면서, 섬세한 상상력을 통해 '억새'로 하여금 우주적
스케일로 거듭나게 하고 있다. 가령 억새밭을 걸어가고 있
는 화자의 시선에 오랫동안 누워 있던 억새들이 별안간 일
어나 자신을 에워싸는 것이 들어온다. 순간 화자가 이끌고
온 길의 억새들이 갑자기 "창살"로 바뀐다. 그렇게 만들어
진 "더 이상 전진도 후퇴도 없는 고립지대"에 갇혀 화자는,
조밀하게 들어선 억새 창살 사이로 절망을 세워놓은 채
"바람의 노랫소리"를 듣고 있다. 그때 화자는 "은비색 고
독"을 운명처럼 받아들이면서, 그동안 자신이 무심하게 흘
려보낸 사물과 타자들에 눈을 뜨게 된다.
　이렇게 '억새밭'에서 고요하게 듣는 바람 소리를 통해
자신이 흘려보낸 존재자들에 눈을 뜨는 과정을 담고 있는
이 시편은, 바람이 "窓"을 열고 파아란 하늘을 보여준다는

증언을 마지막에 배치함으로써, '창窓'을 통해 새로운 세계로 나아가려는 화자의 의지를 함축해 보여준다. 그것은 마치 "얕은 꽃의 숨소리가/문득 포착되던 날"(「인식」)에 둔중한 자기 인식에 이르는 과정과 고스란히 등가를 이룬다. 이렇게 형상화된 그의 커다란 스케일과 섬세한 미학은 다음 시편에서 좀 더 특유의 호활浩闊함을 얻는다.

운 늑대 울음에 시린 달 차오르고
주린 맹금의 눈빛 하루치 삶을 관통하는
고원의 이주민촌에서 한 집시를 만났다.

별똥별 획을 긋는 적멸의 밤이 가고 나면
까막까치 노래 따라 미답의 길을 좇는
솔솔한 그의 발맛에 훅, 취기가 올랐다.

언젠가 빛이었을 거친 운석의 여정처럼
저기 궤도를 도는 유, 무형의 행성 중에
머나먼 이주의 길을 가는 내 측광도 있었다.

자고 나면 길눈 틔는 유랑의 본능을 재우고
길이 든 풍경 안에 시간의 체를 돌리며

얼마나 많은 날들을 이름하지 못했던가.

당기고 밀어내는 은하 깊은 중력으로
한 곳에 머물 수 없어 미지를 찾아가는
고원의 집시 행성들이 內界로 비춰오고 있다.
　　　　　　　　　　　　　　—「집시, 은하를 걷다」 전문

　이 시편의 화자가 시선을 향하고 있는 곳은 늑대의 울음
과 맹금猛禽의 눈빛이 가득한 야성의 공간이다. 화자는 그
"고원의 이주민촌"에서 만난 한 '집시'를 회상하고 있다.
그 '집시'는 별똥별과 까막까치의 노래를 따라 아무도 가
지 않은 길을 좇는 존재이다. 말하자면 "솔솔한 그의 발맛"
과 한때 빛났을 운석 같은 "유랑의 본능"을 견지하고 있는
존재이다. 그가 "길이 든 풍경 안에 시간의 체"를 돌리며
사는 것을 재구再構하면서 화자는, 집시의 삶을 통해 유랑
과 정착의 변증법을 선명하게 보여준다. 그만큼 "많은 날
들을 이름하지 못했던" 존재를 부조浮彫한 이 시편은, 그렇
게 "당기고 밀어내는 은하 깊은 중력으로/한 곳에 머물 수"
없는 존재를 통해 화자 스스로 "미지를 찾아가는/고원의
집시 행성"이 되는 상상적 체험을 동반하고 있다.
　이렇게 김진길은 자못 커다란 스케일로 삶의 다양한 양

상, 곧 구속과 개안開眼, 유랑과 정착의 공존과 통합에 대해 사유하고 표현한다. 그러한 사유와 표현이 그에게 "지리산 골 깊은 울림에 비로소 눈뜨런다."(「재첩의 길을 가다」)는 강한 의지와 "바지직 타드는 詩心"(「8월, 직지사」)을 동시에 허락하고 있는 것이다. 요컨대 김진길 시학에서 자연 사물들이 내지르는 소리와 그것들이 이루는 선명한 풍경들은, 삶의 가파르고 다양한 속성을 핍진하게 담아내는 핵심 소재이자, 훼손되지 않은 호활한 삶을 감싸고 있는 확연한 후경後景으로 나타나고 있는 것이다.

* *

시집 제2부에서 김진길은, 자신이 겪은 군대 경험의 구체적 장면들과 우리 역사에 대한 풍부하고도 예각적인 인식을 다양하게 보여준다. 이 모든 것이 사적 기억과 공적 기억을 매개하고 통합하려는 시인의 의지가 반영된 결과일 것이다. 이렇듯 시인은 "흐릿한 옛터 위로 햇살 든 겹의 시간" 속에서 "곰삭은 천년의 소리"(「우륵의 江」)를 듣고, "젖었다 마르듯이 얼었다 풀리듯이/울다가 웃다가 爭과 和를 거듭하며/恨으로 속을 다져온 땅의 노래"(「터」)를 듣는다. 그러한 그의 밝은 귀는 다음 시편에서 다시 한 번 선명한 모습을 드러내고 있다.

어둑한 침묵 사이로
천근 무게를 털며
맨 먼저 아침을 여는
나팔수 이제 없고
컴퓨터, 자명종처럼
기상곡을 울린다.

누가 그의 숨통을 멎게 하였는가
속 울대 쓸어 올려
한껏 돋우던 목청
트럼펫 통울음 소리
귓전을 맴도는데.

그대, 차라리 깨어나지 않아도 좋다
혼절된 시간 불러내
나 눈뜰 수 있다면
이 아침, 나팔을 불며
세상을 노크하리.

―「나팔수」 전문

이 시편의 경험 공간은, "어둑한 침묵"과 "맨 먼저 아침을 여는/나팔수"가 있는 군대일 것이다. 이제는 "컴퓨터, 자명종처럼/기상곡"이 울리는 현대의 군대에는 나팔수의 "속 울대 쓸어 올려/한껏 돋우던 목청/트럼펫 통울음 소리"가 사라져버렸다. 그렇게 사라져버린 나팔수에게 화자는 "그대,/차라리 깨어나지 않아도 좋다"라면서, 그 혼절의 시간을 불러내 "긴 잠든 동토의 江 해빙"(「행군 2」)을 상상적으로 녹이고 있다. 이러한 상상과 회억回憶은, 부재하는 것들을 되살리고 복원하려는 화자의 간원懇願이 열정을 동반하는 순간에 생성된다.

이처럼 자신의 기억들을 깊이 내면화하고 있는 김진길은, 시선을 한껏 돌려 동시대 타자他者들의 삶과 고통에 강렬한 연대감과 연민을 표현하기도 한다. 이는 김진길 시편이 보여주는 서정의 편폭이 만만찮은 수평축에 의해 확장되고 있음을 알리는 구체적 실례들일 것이다. 구체적 타자들을 향하고 있는 그의 따뜻한 시선을 따라가 보자.

진눈깨비 굵어진 어스름한 하오 일곱 시
웅크린 채 귀가하는 행인들의 발자국을
노점상 모씨 할멈이 희미하게 읽고 있다.

눈길도 온기도 식은 눈 쌓인 좌판대엔

종일 발라낸 속살 뽀얀 도라지들
할멈의 젖은 손가락처럼 얼음이 든다.

주섬주섬 판을 접는 겨운 뒷설거지
등 굽어 나지막이 언덕길 오르는
할멈의 낡은 손수레 위로 서울의 달이 뜬다.

— 「서울의 달」 전문

진눈깨비 내리는 서울의 저녁, 화자의 시선은 "웅크린 채 귀가하는 행인들의 발자국"을 좇는다. 그 시선에 노점상 할머니가 희미하게 포착된다. 그리고 그 시선은 "눈길도 온기도 식은 눈"에 쌓인, 할머니의 젖은 손가락처럼 얼음이 밴 도라지들로 옮겨간다. 그 도라지들은 "올마다 깊숙이 배인 사내의 城"(「눅눅한 휴식 - 젖은 장갑」)에서처럼 온기를 잃어버린 형상을 하고 있다. 그렇게 할머니의 노역이 끝나면서 화자의 시선은, "등 굽어 나지막이 언덕길 오르는" 실루엣을 바라보고, 그 순간 솟아오르는 "서울의 달"이 삭막한 도시를 우울하게 비치는 것을 하염없이 바라본다.

이러한 시인의 시선은 "한평생 노역의 훈장"(「겨울, 새벽 일터」)을 달고 살아온 이들이나 "빛바랜 지갑 속에는 낡은 지문指紋만"(「폐지 수거」) 가득한 이들을 따뜻하게 감싼다. 또한 "가벼이 어깨 빌려줄 인정"(「인정이 그리운 날」)을 그리워하고, "회억으로나 가는 길"(「완행의 미학」)을 걸으면서 사람살이의 고단함과 가녀린 희망을 동시에 노래하는 균형 감각을 보여준다.

결국 김진길 시편의 주요 음역音域 가운데 하나는, 이렇게 한 시대의 경험적 구체성을 복원하면서 그것이 우리 역사와 일상을 구성하는 흔적임을 증언하는 데 놓여 있다. 그럼으로써 시인은 '시조'가 단순한 자기 표현에 머물지 않고 타자들의 삶에 가 닿을 수 있는 유력한 양식임을 증명하고 있는 것이다.

* * *

우리가 시조문학의 본령을, 형식에서의 정형적 기율과 내용에서의 고전적 주제에 두는 관행은 전혀 낯선 것이 아닐 것이다. 하지만 '현대시조'는 시인의 개별화된 내면 경험의 자율성을 옹호하면서, 선험적 율격과 전통 시상詩想의 완결성을 넘어서려는 열정을 보여준다. 그만큼 시조 미학의 근간이 정형성과 고전적 주제에 있다는 사실은, 다양한 형식의 변격變格과 개인 경험의 자율성을 통해 그 외연이 확장되는 것이다. 그 점에서 김진길 시조는, 형식의 파격을 좀처럼 허락하지 않으면서 내용에서는 다양성과 복합성을 줄곧 보이는 세계이다. 그만큼 김진길은 "진부한 내 생각들/시나브로 잠재우고//길 속의 길을 찾는 눈/총총 밝아지도록"(「탈피의 꿈」) 시조를 쓰고 또 쓰는 시인이다.

길이 막혔다고 불평하지 말라.
여기 고독의 벽 아니면 나서지 않는
유별난 생애 앞에서는 그조차도 사치다.

기침소리 한 방에 무너져 내릴 듯한
돌담 위 켜켜이 쌓인 침묵의 계단을
담쟁이, 자일도 없이 맨손으로 오른다.

낙상의 순간들을 안으로 도닥이며
점자 벽을 읽어가는 부르튼 손바닥
때로는 이슬 한 방울도 감당 못 할 무게다.

등에 진 세상 하나 발그레 멍들어도
벽이 높아지면 그만큼만 더 오를 뿐
준법의 경계를 딛고 월담하지 않는다.

— 「담쟁이덩굴」 전문

화자가 구상하고 실천하려는 것은, 혹여 길이 "고독의 벽"으로 둘러싸여 있다 할지라도, 마치 담쟁이덩굴처럼 "돌담 위 켜켜이 쌓인 침묵의 계단"을 맨손으로 오르는 데 있다. 비록 '낙상落傷'의 순간들이 많이 있기는 하겠지만, 그것을 모두 안아 들이면서 "점자 벽을 읽어가는 부르튼 손바닥"으로 "등에 진 세상 하나"를 진 채 묵묵히 나아가는 것이 바로 화자의 의지를 반영하고 있다. 그럼으로써 그는 "벽이 높아지면 그만큼만 더" 오를 것이라는 의지를 보여주는 것이다.

이렇게 김진길 시편의 화자들은 지속적이고 간단없는 도전과 함께, 경계에 선 이의 가파른 의지를 동시에 보여준다. 그것은 마치 "한 마리 치어가 자라 성어成魚가 되기까지" (「덕장」)의 아름답고도 고통스런 과정과 등가를 이룬다.

날 선 조선낫을
햇살이 물고 있다

한 줄기 번뜩일 때마다
숲은 흔들리고

낫자국 사무친 말씀

옹이마다 내린다.

하늘에 닿은 갈필
그 붓대 꺾이고

베어진 그루터기
상처가 아무는 시간

환하게
횃불 밝혀 들
관솔향이 익는다.

　　　　　—「벌목 - 상처가 아무는 시간」 전문

　벌목伐木 과정에서 화자가 발견하는 것은 '상처가 아무는 시간'이다. 가령 그것은 환幻의 상상력을 빌려 햇살이 "날 선 조선낫"을 물고 벌목하는 과정으로 묘사된다. 낫이 번득일 때마다 숲이 흔들리고, "낫자국 사무친 말씀"이 옹이마다 내리면서 "하늘에 닿은 갈필"도 꺾인다. 그렇게 남겨진 그루터기가, '상처가 아무는 시간'을 견디고 있다. 그때 화자는 "환하게/횃불 밝혀 들/관솔향"이 익어오는 순간을 경험한다. 이는 정지용鄭芝溶의 절편 「장수산長壽山」의

일절 "오오 견디련다 차고 올연兀然히 슬픔도 꿈도 없이 장수산 속 겨울 한밤내"에서처럼, 상처와 고독을 견디면서 생의 다른 차원을 보려 하는 시인의 의지를 각별하게 함축한다. 그렇듯 김진길 시인은 간단없는 도전 의지와 함께, 상처를 다스리는 견인堅忍의 속성을 견고하게 결속함으로써, 시조 미학이 가 닿을 수 있는 다양한 주제를 보여준다 할 것이다.

****

　우리의 시 형식 가운데 외연적 규정을 가장 많이 받고 있는 것이 '현대시조'일 것이다. 하지만 우리의 전통적 형식 중 거의 모든 갈래가 사멸의 길을 걷거나 다른 장르로 흡수된 것에 비해, 현대시조는 다양한 갱신을 통해 여전히 우리 문학의 확연한 권역을 구축하고 있다. 따라서 '정형'이라는 현저한 외적 제약에도 불구하고, 현대시조는 원초적 통일성을 회복하려는 본래적 지향을 체현하면서, 주체와 대상간의 섬세한 무늬를 묘사하는 데 남다른 적공積功을 들이고 있다. 우리가 읽은 김진길 시편들 역시, 현대시조의 이러한 속성들을 한껏 충족하면서, 앞으로 우리가 애정을 가지고 바라볼 수 있는 가능성의 세계를 구축해 보여주었다. 그래서 우리는, 서정의 편폭과 구체의 가능성을 한껏 보여준 이 시인의 첫 출발을 기리려는 것이다.